Ce livre
appartient à :

....

....

Je me Souviens

Texte : Jennifer Moore-Mallinos

Illustrations : Marta Fàbrega

Adaptation française : Muriel Steenhoudt

EH Héritage jeunesse

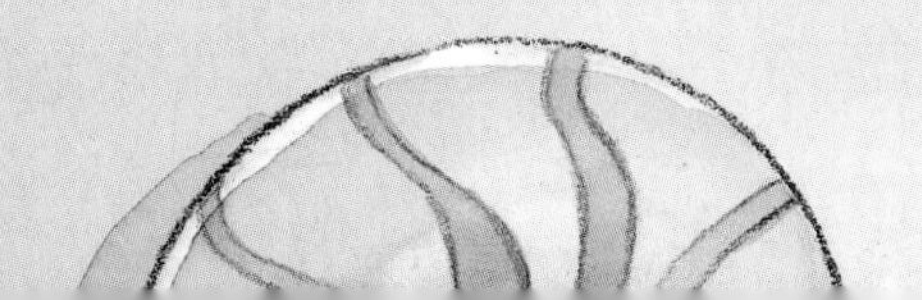

Savais-tu que nous naissons, nous vivons
et qu'un jour, nous mourrons ?

Pour ton animal, c'est la même chose : il naît, il vit et il meurt. Toute vie a un début et une fin.

Possèdes-tu un animal – ou en as-tu possédé un dans le passé ? Quel est ou quel était son nom ?

Mon chien à moi s'appelait Bobby. C'était le chien le plus formidable du monde, et c'était mon meilleur ami.

Je me souviens du jour où j'ai rencontré Bobby. Il a passé la porte d'entrée avec un énorme nœud rouge magnifique autour du cou. Il s'est immédiatement dirigé vers moi. Je me souviens comme il était énervé lorsque je l'ai pris dans mes bras pour l'embrasser. Il était très énervé et sa queue battait dans tous les sens.

C'était le chiot le plus doux que j'aie jamais rencontré ! Le cycle de vie de Bobby a commencé le jour de sa naissance. Au fur et à mesure qu'il grandissait et vieillissait, son cycle de vie se refermait. Bobby et moi avons grandi ensemble.

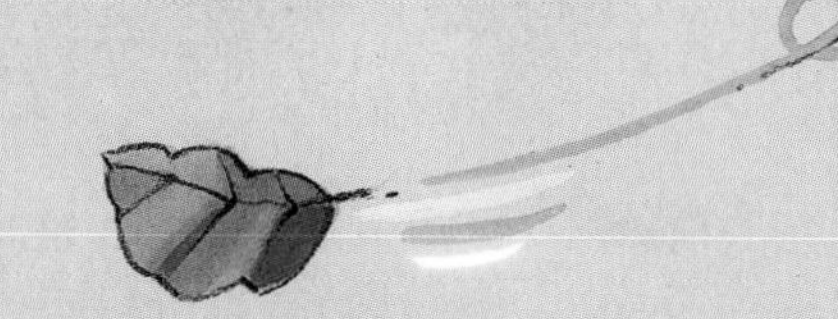

1
2
3
4
5
6

De chiot, Bobby est devenu un chien adulte. Il a subi de nombreux changements. Il n'a pas seulement grandi; il a aussi vieilli. Avec les années, Bobby est devenu vieux et fatigué. Il n'était plus capable de faire tout ce qu'il aimait tant, comme courir derrière les poules dans la cour ou courir à vive allure dans les hautes herbes des champs derrière chez nous.

Le corps de Bobby ralentissait et ses yeux avaient l'air très tristes. Nous avons emmené Bobby chez le médecin des animaux, qu'on appelle un vétérinaire, et ce dernier nous a annoncé que Bobby était très malade et très vieux et que son état ne s'améliorerait pas.

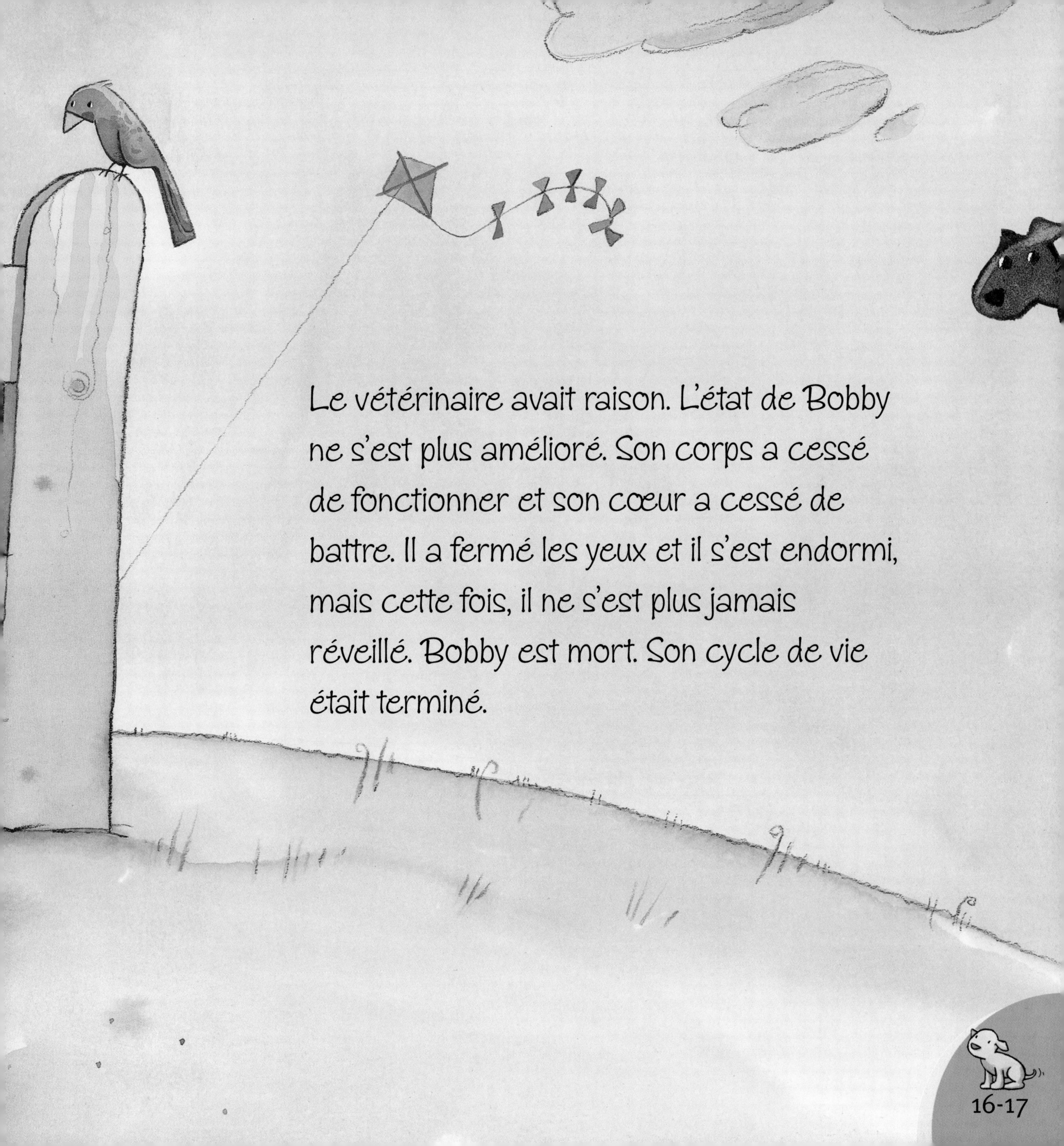

Le vétérinaire avait raison. L'état de Bobby ne s'est plus amélioré. Son corps a cessé de fonctionner et son cœur a cessé de battre. Il a fermé les yeux et il s'est endormi, mais cette fois, il ne s'est plus jamais réveillé. Bobby est mort. Son cycle de vie était terminé.

Je me souviens combien je me suis senti triste et seul le jour où Bobby nous a quittés. Je ne pouvais m'arrêter de pleurer et je n'avais rien envie de faire. J'avais l'impression que mon cœur allait se déchirer. Qu'est-ce que j'allais faire sans Bobby ? Une partie de moi en voulait un peu à Bobby de m'avoir abandonné, parce que je croyais que les meilleurs amis ne pouvaient pas se quitter. Je me suis senti mieux lorsque mes parents m'ont expliqué que Bobby n'avait pas choisi de mourir.

Nous avons enterré Bobby sous le chêne au sommet de la colline qui surplombe notre ferme. Pour cet événement, toute la famille était rassemblée autour de l'arbre afin de dire adieu à Bobby. Dire adieu à mon meilleur ami a été très dur pour moi. Il me manquait tellement. Il avait toujours été là pour moi.

Le temps a passé et je suis devenu capable de me souvenir de toutes les choses spéciales que nous avions faites ensemble sans me sentir aussi triste. Je me souvenais combien nous nous amusions à jouer à cache-cache dans la grange et combien Bobby était heureux lorsque nous allions nous baigner dans le lac. Bobby adorait nager – et moi aussi !

Le fait de me souvenir de Bobby me faisait sourire et même si je ne pouvais pas le voir ou le toucher, il était toujours auprès de moi. Je me souviendrai toujours des moments que nous avons passés ensemble et comment Bobby m'a enseigné ce que signifiait être un ami fidèle. Je vais souvent m'asseoir en dessous du chêne, surtout lorsqu'il fait chaud. C'est mon endroit préféré.

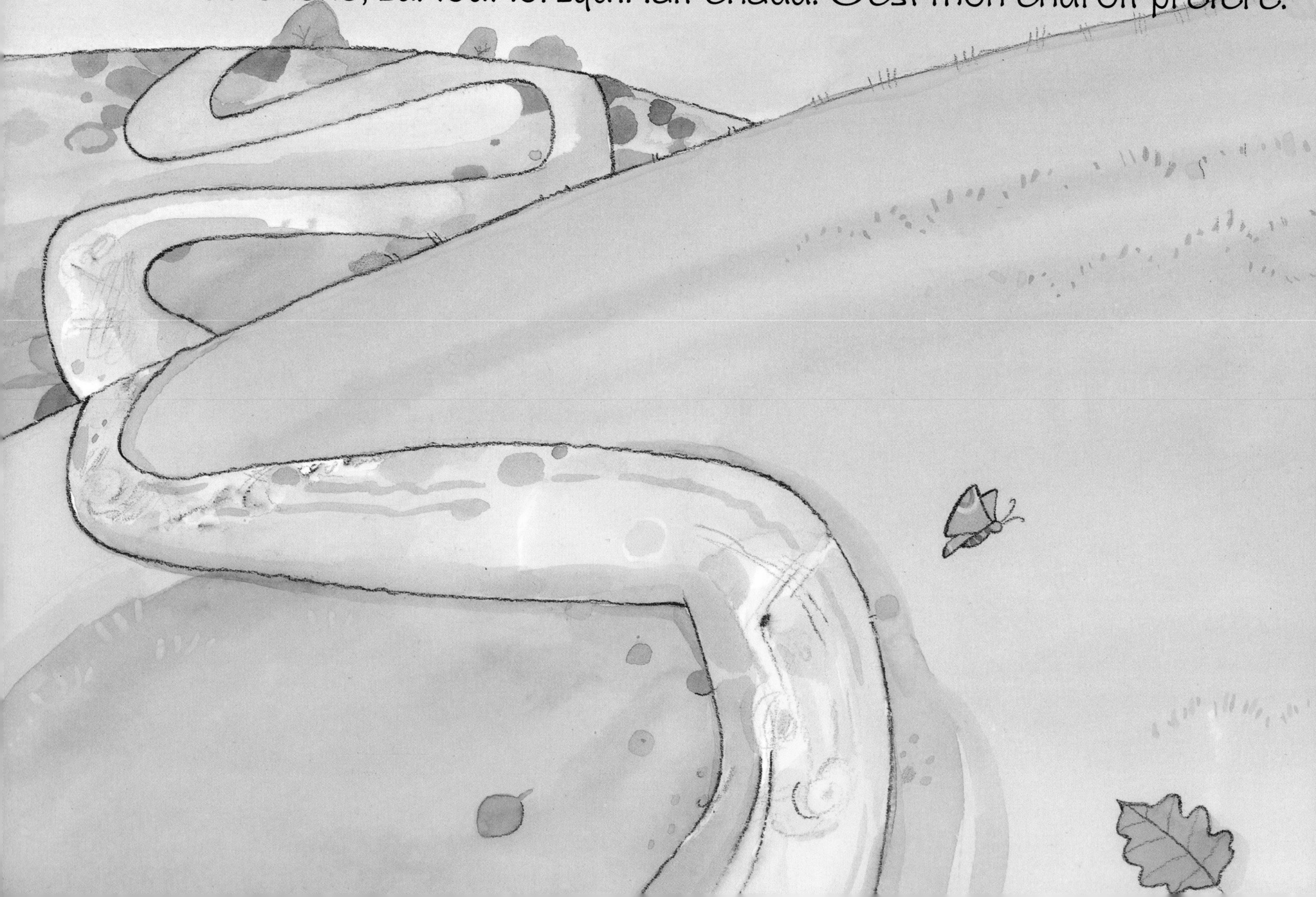

Aujourd'hui, j'ai fait la connaissance d'un nouvel ami. Il s'appelle Max. Il a passé la porte d'entrée avec un énorme nœud rouge magnifique autour du cou et il s'est immédiatement dirigé vers moi ! Lorsque je l'ai pris dans mes bras pour l'embrasser, il a poussé des petits cris aigus de plaisir. Il était tellement mignon !

Chaque fois que je sors la photo de Bobby de ma poche, je me dis que Bobby et Max auraient été de bons amis. Même si j'ai un nouvel ami maintenant, je n'oublierai jamais Bobby. Bobby sera toujours très spécial pour moi, quoi qu'il arrive !

Note aux parents

Les animaux domestiques peuvent avoir toutes les formes et toutes les tailles — ils peuvent avoir le poil court ou long, et différentes nuances. Quel que soit notre animal domestique, il possède des caractéristiques et une personnalité bien à lui et il fait partie intégrante de la famille.

Je me souviens de tous mes animaux domestiques. Leur loyauté, leur joie de vivre et leur amitié inconditionnelle sont des choses que je vais chérir, conserver précieusement toute ma vie. Le lien qui m'unissait à chacun de mes animaux était unique et spécial et je suis remplie de souvenirs que je n'oublierai jamais.

Nous venons au monde, nous vivons, puis nous mourons. Il en va de même pour nos animaux domestiques. Toute vie a un début et une fin. L'objectif de ce livre est de prendre conscience de l'amitié et de l'amour que nos enfants éprouvent pour leurs animaux et des terribles sentiments de chagrin qui peuvent les envahir lorsque ceux-ci meurent.

La disparition d'un animal domestique est souvent pour l'enfant sa première expérience avec la mort. Un événement aussi traumatisant entraîne chez lui toutes sortes de sentiments difficiles à comprendre. Le fait de confirmer les sentiments de vos enfants en leur donnant l'occasion d'explorer et d'exprimer leur chagrin est le premier pas vers le processus de guérison.

Je me Souviens peut être utilisé comme outil pour amorcer le dialogue et stimuler la communication entre votre enfant et vous. Votre enfant recevra la confirmation qu'il peut être triste et même fâché du fait que son meilleur ami l'ait quitté.

Je me Souviens reconnaît également qu'il est correct d'aimer un nouvel animal domestique. Quoi qu'il arrive, nous n'oublierons jamais l'amitié et l'amour que nous avons partagés avec chacun de nos animaux ! Chacun est unique et irremplaçable.

Prendre le temps de lire un livre à son enfant est une très belle façon de partager un bon moment avec lui. Faisons le nécessaire pour montrer à nos enfants qu'ils sont importants pour nous !

12
13
1

Tous droits réservés
© 2004 Gemser Publications, S.L.
Texte de Jennifer Moore-Mallinos
Ilustrations de Marta Fàbrega
Conception graphique : Gemser Publications

Pour le Canada
© Les éditions Héritage inc. 2006
Traduction de Muriel Steenhoudt

ISBN: 2-7625-2498-9

Imprimé en Chine
